膚

目次

岩田奎句集

膚

はだえ

肉

三十三間堂

千手観音どの手が置きし火事ならむ

二〇一七年以前

鶯やほとけを拭ふ布薄き

何もない鶴の林を飛んでゆく

雨女鶯餅を買うて来し

花を浮べて蝌蚪の国また蛸の国

耳打のさうして洗ひ髪と知る

脊椎はさびしき塔よ大西日

研水の淡き光も獺祭忌

天の川バス停どれも対をなし

旅いつも雲に抜かれて大花野

住職のバイクの上の疣毟

湖の凪の短し林檎園

寒からむ菊人形の心臓は
をりからの夜空の色の日記買ふ

二〇一八年

まだ雪に気づかず起きてくる音か

涅槃会やみなとは雪のすぐ溶くる

合格を告げて上着の雪払ふ

汲めば透く海水の香も春のくれ

見つめゐて口の渇や蜷の道

紫木蓮全天曇《どん》にして降らず

仔馬開眼ひかりとしてのわれ佇てり

深大寺

東国のほとけは淡し藤の花

孕鹿日はうつとりと水に死す

樹下を出てきれいな蛇のまま撲たる

かんばせは簗の光のなかに泣く

水羊羹風の谷中のどこか通夜

うつし世を雲のながるる茅の輪かな

血清の届けられたる海の家

冷房車床を麦酒の罐走り

刺身蒟蒻かさなりて透く土用かな

夕顔別当恋すてふ名を宛先に

絵の美女は永久の去際避暑の宿

電車より水垂れてくる秋の暮

窓外に元寇の海夜学生

白式部手鏡は手を映さざる

食べ終へて光の残る暮の秋

マスクしてどこかに鳥を生む東京

肉《にく》食《じき》の門妻帯の門雪螢

襖割れ濡髪の人あらはるる

卓上に馬肉一塊枯野見え

仕舞ふときスケートの刃に唇映る

髪一縷残しスケート場を去る

履歴書と牛乳を買ふ聖夜かな

葦二本枯れて貫く氷かな

しりとりは生者のあそび霧氷林

二〇一九年

楕の宿闇のどこかにオロナイン

なめろうに残るしろがね春の雨

薩摩　出水

鶴帰る悪書追放ポストの地

ぺるしあに波の一字や春の星

水面より暗き現や紫木蓮

搔敷に油の移る花疲

メーデーや反りて臭へる罐の蓋

愛鳥週間調律師この木木を来よ
バーベキュー森の何者からも見え

バーベキューかの人の火を褒めて去る

もう雨の日を知つた白靴でゆく

日ざかりを乳房は翳りながらくる

噴水はだれにも消てゐない裸像

夏野とは女人の名前ならなくに
冷蔵庫真夜中の貌てらすべく

夜のはてのあさがほ市にふたり来し

暗闇の女王へ流れ蟻の贄

揚羽来る揚羽にだれも振りむかず

清朝に写真がすこし百日紅

炎熱のドアは荻窪にて闢く
水遊イエスの如き膣をもて

献血車日傘のひとをひとり吐く

晩夏光鍵は鍵穴より多し

甲斐　日川

いづれ来る夜明の色に誘蛾灯

伊予　五色浜

秋扇雨の水着を遠く見て

秋日燦川面をたばしりて去らず

夜食とる窓に不安の海を置き

颱風一過悪書はばらばらに轢かれ
くさびらがこはるるまでを雨のふる

甲斐　境川

綿虫は空がこはれてゐるといふ

恵林寺

銀杏散るすこしく松に引掛り

日のみえぬ昼のカリフラワーを煮る

手袋を銜へ高崎行を買ふ

うしろから前へ景色や煖房車

雪兎昼をざらざらしてゐたる

二〇二〇年

寒卵良い学校へゆくために

枯れしもの鳴り寒施行その奥へ

八方の枯れをり氷面鏡を割る

国鉄のころよりの雛飾りけり

かりそめの車へ戻る磯遊

安房　鴨川

逃水をいふ唇の罅割れて

上総　三句

逃水を轢きたるあとはだれも見ず

機械のこゑ侍みてゆけば逃水に

脈

にはとりの骨煮たたする黄砂かな

浮氷馬の巨きな腿動き

入学の体から血を採るといふ

観潮船コーラの罐を持ちて乗る

壺焼をこぼるる泡のすぐ乾び

石鹼玉生るるときの長細く

養花天咖喱にカツの衣散り

蝌蚪の紐かさなりて日を透しをり

煮るうちに腸詰裂けて春の暮

珈琲に氷の残る蜃気楼

ゆかりなきレガッタにして花がくれ

竹秋のほとりは雑魚の釣れてゐる

桜鯛老人は滝見てきたる

柳揺れ次の柳の見えにけり

餡を炊く焜炉三台藤の花

憲法記念日白馬白蛇みな死ぬる

袋角朦朦と血の満ちてをり

皐月躑躅を草の秀の突抜けて

蝙蝠のながれてゆけば犬が吠え
なかぞらに楚の消えて梅雨菌

枝剪つて鉈にみどりや梅雨ふかし

十薬の斜面《なぞへ》を貌の降りて来し

梅雨寒や鶏皮に毛の残りをる

夏痩や椹の膚を蔦昇り

毛虫焼く虚脱の雲の残りけり

もの食べてさびしくなれる扇かな

博奕うつ老婆は海の家にをり

御祓川血を吸ふものの少しをり

霍乱やプールの柵のあを緑

天瓜粉遠く葡萄の熟れゆけり

暮れてきて大きな山や泡般若

銀閣のまへを吹かれて氷旗

苔生して滝の弱まるあたりかな

栓抜けば七味こぼるる滝見かな

巻尺をもつて昼寝のひと跨ぐ

学蘭の四五人通る避暑地かな

蚯蚓死すおのれの肉と交叉して

夏痩や宝物なべて火を知らず

ナイターのなかぞらに雨見えてをり

沙羅の花ひつかかりをる早瀬かな

トマト切るたちまち種の溢れけり

箱眼鏡の中に水陽炎があり

船遊煙草を卓にとんとんと
さざめきに麦酒をはこぶ映画祭

水蜜桃天上に死者増ゆるのみ

稲の花ラジオは馬の名を呼んで

百年を拳銃禁じ鶏頭花

墓洗ふ燐寸の箱の桃印

山の襞スカートの襞休暇明

京都府警騎馬隊休暇明けにけり

あとはもう案山子に着するほかなくて

絵がなくて九月海風壁に釘

赤い夢見てより牡丹根分かな

昼の子のものの囲める夜学かな

颱風圏宿の子供の名はみさき

野分去る万力に錆浮きにけり

運動会再び肉の塔興る

芋嵐仏陀のこゑをよく学び

にはとりの歩いてゐたる木賊かな

葛引いて雨雲暮るる力あり

鹿の目の中をあるいて白い服

タクシーの間仕切の穴蚯蚓鳴く

死にたれば金柑の門くぐりゆく

花鶏発ち花鶏の揺のいつまでも

おろおろとセダンの去つて海贏廻し

雲を見るほかなく角の伐られけり

日に揺るる藤の実の裏おもてかな

花まろび入り深秋の蟻地獄

若くして内むらさきを霽ぎけり

生れつき静脈透いて朱欒剝く

木の奥をゆくよそさまの七五三

弁当の脂凝れり冬の蝿

枯蟷螂車の上を映りつつ
針供養誰もうすうす降られけり

ただようてゐるスケートの生者たち

東京を鬼門へ抜けし毛皮かな

奥州市天竺老婆みな氷る

インバネス土鳩ときどき白い鳩

葱を煮るどろりと泡を抱くところ

冬空のざらついてゐるラジオかな

大壺の底に花殻冬座敷

窯変は信長のころ雪催

化粧坂

水涸れて犬が異彩を放ちゐし

横浜港　二句

女にも暗き喉笛浮寝鳥

愛日の海にあそんで大人たち

羊歯の谷氷れり谷の名は朽木

花脊花折とつめたい杉をゆく

絶えずかいつぶりぶつかる杭一つ

二〇二一年

枯園にてアーッと怒りはじめたる

深大寺　三句

振袖の三人《みたり》は水涸るる寺に

寒鯉を暗き八雲の中に飼ふ

枯芝に駐めて肺腑を撮る車

髄

匂鳥親展とありきみ開け

上総　養老渓

鯉の身をひとひら食べて春陰へ

安房　大山

なにが悲しくて千枚みな春田

平林寺　三句

御通じに草ひからせて百千鳥

落椿下枝懸りに腐りけり

落椿の気持で踏めよ踏むからは

山城　八瀬

このへんの男は石工匂鳥

大原

芽吹山大瓶置きしあと濡れて

桜木の暗い裂傷半仙戯

靴篦の大きな力春の山

はくれんの寮をおとなふ母子かな

立ちて座りて卒業をいたしけり

卒業や餃子に韮の色透けて
セーターに首元荒るる桜かな

金魚屋の電話鳴りをり春の塵

母のかほ水にうつらず蝌蚪の紐

蜃気楼はこばれくるはアジフライ

顔裂けて顔顕るる蚕かな

ぼろぼろの藤かけてある山河かな

揺りすすむ山葵の向を変へにけり

山葵擂る角を削りにかかりけり

擂られたる山葵の茎につきにけり

ぼうたんの黄金《きん》ゆりこぼす花の内

さつきまで氷雨ありしと柏餅

袋角カメラの違ふ女たち

ある人の時計は右手《めて》に通し鴨

夏薊鼻輪の鉄の錆びずあり

上野　磯部　四句

あと一度ねむる夏蚕として戦ぐ

薄暑光蔟にのこる去年の糸

百目もつ廻転蔟青嵐

ひかげりしこと糸取の糸に見ゆ

碓氷峠

剝れたる蛭とそれぞれ歩み去る

捩花や馬の涎のゆつくりと

翡翠とわれとだまつてゐれば翔ぶ

河骨は鏡をなさぬ水に咲く

備後　山野　七句

虫喰の黝き痕藍を刈る

一樽の腐る藍液羽抜鶏

刈りし藍袋の中に饐えはじむ

ハイビーム消して螢へ突込みぬ

影ながら杉の見えくる螢かな

ぼんやりとガードレールや螢狩

藍 染 の 青 き 掌 螢 狩

工学は深遠なれど蝮酒

ががんぼの団地は子供殖えてゆく

二種類の吸殻まじる夕焼かな

晴れてをる夜空の白き祭かな

夜店から見えてうすうす木の膚

氷屋に皆酔うてゐる祭かな

土瀝青づかれの祭足袋干されれ

麦酒待つ貌の向うに夜の山

蠅の目のうつくしかりし港かな

空豆は薄き二片に分れけり

わが去りしあとも閻魔の貌続き
雲の峰兄弟理科に進みけり

青柿のころより確と富有柿

幽霊は競艇場に来てゐると

五月蠅なす神が日傘のうちに入る

按摩師の三人控へ避暑の宿

御花畑日清の麺背嚢に
座頭虫天辺にゐるケルンかな

噴水の霧がしたがふ微風かな

伊予　五色浜

垂れてをり癘《えやみ》の海の氷旗

彎曲の妻をやしなふ稲の花

流灯の下流の人を思ふなり

鳳仙花涙そぐはぬタイの柄
棗とは思ふかすかな雨の奥

馬肥えていまさらに茄子繁りゐる

桐生高桐生女子高秋の風

八月大名はお前と思ふなり

菊吸天牛しがみつく葉の長長と

秋晴の安全な蛇見せくれし

御製歌を笑ふ人人曼珠沙華

甲斐　長坂　二句

秋の蠅丹碧なすや甲斐の糞

擦過する馬身水澄みやまぬなり

明野
林檎百顆のゆきすぎる時速如何

身延
谷底に檀徒の家並秋の蟬

上総　養老渓

滝壺へ散りこまぬ辺に葛の花

安房　大山　二句

きちきちといふ音天に満ちて来し

老人の日の蛇が呑む卵

恋愛のさなかの秋の鯉の髭

無花果を闢いて夜も河流れ

われわれの父が放ちし蘆火かな

綿取つてくろぐろと竅のこるなり

畔豆にあきらかなりし嵐かな

紅葉して合歓はするどくなりにけり

雁瘡を見せてもらひし宴かな

日向ぼこ大きな友は疲れけり

北塞ぐことべらべらと喫茶にて

ラッセル車無用のままに七曜よ
耳袋鹿裂いて肝垂るるなり

シュプールは悲鳴のやうにのこるなり

近江

雪国へ入りぬ綺麗に箸割れて

東大寺　三句

激憤のつめたい仏たちの部屋

閉込めし鹿《ろく》毛《もう》一縷初氷

寒雲や角伐りし髄ぞわぞわと

奈良　二句

冬深くうすらひざまに板膠

冬空やねぢれびかりに握墨

立てて来しワイパー二本鏡割

二〇二二年

タクシーが照らし去るなりわが氷柱

雪掻の汗そのままに急須とる

水鳥よひとびとの喪の箸づかひ

桜鍋芹ぎちぎちと灰汁塗れ

牛丼屋出でし老人山雪解

変速をしてゐる春の夢のなか

逃水となり我我は急ぐかな

北見　洋上　二句

流氷をかち割る船のなか尿る

夜もかの流氷沖にただよへる

能取

残雪に狐の不浄みて過ぐる

網走監獄

白《しら》鳥《とり》は脱臼自在雪解風

蝌蚪の国鞄の底の薄汚れ

カツ薄くして春水は濁るなり

まだ学生してゐるものも花疲

弱さうな新社員来る湊かな

蠅生るゼブラのペンを胸許に

あめりかなどあとから来り春の海

くるくると出づる口紅蚊食鳥

醤油ふんだんにあり夏の星

冷蔵庫蟬の柱のなかにあり

面白い蟷螂生れつづくなり

畢

二百九十九句

跋

岩田奎君との出会いは、二〇一五年の四月に遡る。奎君は高校から開成に入学してきた生徒であった。私の担当する古文の授業で、あてくれと言わんばかりの才気に溢れた眼差しが、すぐに目にとまった。まもなくして、奎君は自分から開成俳句部の門をたたいて来た。俳句を作った経験はほぼ無いようであったが、骨法を摑むのは早かった。豊富な読書量と持ち前の語彙力を駆使してめきめき腕を上げてゆくさまは、目を見張るものがあった。

耳打のさうして洗ひ髪と知る
脊椎はさびしき塔よ大西日
天の川バス停どれも対をなし

『膚』の前半に置かれたこれらの句は、いずれも開成高校時代の作品である。一句目のかすかな艶、二句目の若者らしい孤独感、三句目の小さな発見と季語との響き合い、今あらためて読んでも、高校生の作品とは思われない完成度である。

奎君の祖父は高名な哲学者・加藤尚武氏、両親はともに数学者である。学者一家に育ち、京都や鳥取などで幼少年期を過ごしたと聞く。そうした生い立ちが、彼の繊細な感受性と豊かな才能を育んできたのであろう。自分の才能を隠す訳ではなく、むしろそれが露わに見えるタイプなのに、決して嫌みなところがない。奎君の周りには、テンポの良い理知的な会話と、屈託のない笑いが常にある。

奎君は、高校二年・三年のときに俳句甲子園に出場したが、特に高校三年のときのチームは、歴代の開成の中でも記憶に残る素晴らしいチームであった。奎君は、チームの中核として優勝に貢献したばかりでなく、

旅いつも雲に抜かれて大花野

の句で、個人最優秀賞を受賞したのである。古典文学以来の漂泊願望

を下敷きに、「花野」の持つ明るさと淋しさが、一句に瑞々しい叙情を添えている句だ。奎君の華々しい受賞歴は、この句から始まった。

東京大学入学後は、同人誌「群青」に所属。私の右腕として、編集に執筆に縦横無尽の活躍をしてくれた。中でも、連載評論「認識と描写の現代俳句」は、森澄雄、飯田龍太といった近現代の俳人を取り上げ、独自の観点からその表現や着想について論じたもので、毎号「群青」誌上に花を添えてくれた。そうした文章力を発揮して、二〇一九年には「百合山羽公の祝祭性」で俳人協会新鋭評論賞を受賞。若い書き手としての地位を確立したのである。

奎君の周りには、良きライバルが大勢いる。とりわけ、俳句甲子園のチームメイトであった板倉ケンタ、筏井遙との関係は深い。彼らもまた、奎君に刺激されて、石田波郷新人賞や星野立子新人賞などを受賞しているが、この三人はともに賞を目指して詠込を行うなど、切磋琢磨を厭うことを知らない。そうした努力の甲斐あって、二〇二〇年、奎君は二十一歳の若さで、史上最年少の角川俳句賞に輝くこととなったのである。

赤い夢見てより牡丹根分かな
にはとりの歩いてゐたる木賊かな
日に揺るる藤の実の裏おもてかな

『膚』にも収録されているこれらの句は、角川俳句賞受賞作「赤い夢」の中の句である。一句目の表題作はかなり感覚的だが、二句目や三句目は決して派手ではない写生句と言ってよいだろう。だが、一見地味に見えるこれらの句にも、どこかそこはかとない華がある。そこが岩田奎という俳人の魅力だと、私は思っている。

『膚』には、意外なほどに吟行句が多い。奎君と一緒にした吟行や旅は、開成や「群青」の合宿も含めて数え切れない回数に及ぶが、その度に他の誰とも違う切り口の作品を、奎君は残してきた。

いづれ来る夜明の色に誘蛾灯
あと一度ねむる夏蚕として戦ぐ

一句目は、山梨の日川渓谷にある一軒宿で、夜の吟行をしたときの句。誘蛾灯のあの青い独特な色を「夜明の色」と言い当てた表現力に、舌を巻いた記憶がある。

二句目は、群馬県安中市の養蚕農家を訪れたときの句だ。この蚕は四齢、あと一回眠って脱皮した後は蛹となり、繭をつくる。その蚕のかすかな動きを「戦ぐ」と表現した新鮮さが、やはり強く印象に残っている。

見たものを見たままに詠んでいるのに、言葉の選択ひとつで、こんなにも句に華が生まれるのである。これは、奎君の俳句の最大の強みだと言ってよいだろう。

剥れたる蛭とそれぞれ歩み去る
残雪に狐の不浄みて過ぐる

この二句も吟行句だ。一句目は、碓氷峠のアプトの道を歩いていたときのこと。奎君は踝を山蛭に食われて飛び上がり、あわてて引っ剝がして、また歩き出した。掲句の魅力は、蛭もまた「歩み去る」ものとして捉えたことであろう。山道で出くわした奎君と蛭、一瞬の出会いの後は、またそれぞれの道へ歩み出す。たかが蛭との一期一会であるが、人生とはまことにそんなことの繰り返しだと気づかされる。

　二句目は、オホーツク沿岸の山林で樏体験をしていたときのことだ。固く積もった残雪に、わずかに黄色く染まったところがあった。ガイドさんから「あれは狐のおしっこの跡ですよ」と教えられ、みな「そうなんだ」と感心しながらも、樏を引きずってまた歩き出した。この句の場合、狐とは出会ってすらいないのだが、時間差でそこを通り過ぎた狐へのかすかな関心が、えも言われぬ詩情を生み出している。

　対象と深く関わらなくてもよい。一瞬の出会い、あるいは出会いですらないものを一句に残してゆくことが、俳句の世界を広げてゆくのであろう。奎君とともにした旅が、これらの句によって、鮮明に甦ることを、私はこの上なく幸せなことだと思っている。

　大学卒業を前に、奎君は兵庫県の豊岡に半年間ひとり暮らしをしていたことがある。幼少期を過ごした山陰の自然や風土への懐旧からかもしれないが、社会人になる前に、自分ひとりの自由な時間・空間を楽しみたかったのであろう。

立てて来しワイパー二本鏡割

雪国での生活が生んだ一句である。奎君の作品には、多くの若者が陥りがちな浮ついたところが全くない。現場に足を運び、自らが経験したことを基に、言葉を紡ぎ出してゆく。これは私自身が大切にしていることでもあるが、奎君もそれを基本としつつ、さらに自分の感性によって独自の世界を構築している。『膚』が、第一句集にしてこれほどの佳什に満ちているのは、そうした姿勢のなせる業だと思っている。

さて、奎君は大学卒業後、大手広告代理店に就職し、社会人としての一歩を踏み出したばかりだ。最初の何年かは仕事に忙殺されることもあろうが、広告というクリエイティブな仕事に携わることで、奎君の俳句がさらに面白くなってゆくことを期待している。

弱さうな新社員来る湊かな

この句の新社員は、自身を戯画化したものであろうか。私から見れば、奎君のどこにも「弱さうな」ところなどない。これからも自信を持って、自分の思う道を進んでゆけばよいと思っている。

岩田奎、この豊かな才能と出会えたことは、私自身の教員人生・俳句人生にとって、何よりの宝である。この若い才能がどこまで伸びてゆくのか、そしてどんな大輪の花を咲かせてくれるのか、これからも楽しみに見守ってゆきたい。

令和四年九月　台風が近づく夜に

佐藤郁良

あとがき

題は膚にした。事物の表面にある、ありのままのグロテスクな様相を写しとることをちかごろは究めたいと思っている。またアレルギー体質の私にとって皮膚とは激しいヒステリーのたえず生起する自他の境界でもある。

熱い帯文を櫂未知子先生に、温かい跋文を佐藤郁良先生に頂いた。装幀は同僚の森相岩魚氏にお願いした。感謝申上げたい。

二〇二二年十月　但馬にて

岩田　奎

著者略歴

岩田　奎（いわた・けい）

一九九九年京都生。
「群青」所属。俳人協会会員。
二〇一五年、開成高校俳句部にて作句開始。
二〇一八年、第十回石田波郷新人賞。
二〇一九年、第六回俳人協会新鋭評論賞。
二〇二〇年、第六十六回角川俳句賞。

著者 岩田 奎© 二〇二三年二月二一日 初版発行 二〇二三年七月七日 第二版 発行人 山岡喜美子 発行所 ふらんす堂 〒一八二ー〇〇〇二 東京都調布市仙川町一ー一五ー三八ー鍋屋ビル二ー二F
電話 〇三(三三二六)九〇六一 FAX 〇三(三三二六)六九一九
URL http://furansudo.com/ MAIL info@furansudo.com
印刷製本 ㈱渋谷文泉閣 装幀 森相岩魚 定価=本体二五〇〇円+税
ISBN978-4-7814-1523-9 C0092 ¥2500E 落丁・乱丁本はお取替えいたします。

膚《はだえ》